飯沼鮎子
IINUMA Ayuko

土のいろ 草のいろ

北冬舎

土のいろ草のいろ 目次

一

カバー画「明るいところ」＝飯沼知寿子
装丁＝大原信泉

土のいろ草のいろ

一

雨の門扉

被災地産〈食べるラー油〉を白飯の上にのせいる父と母なり

母病めば卵かけご飯泡立てて父はさいさい箸を動かす

なんて重たい父母《ちちはは》だろうベッドごと芝に出したき梅雨の晴れ間を

わが車見送らんとし肩寄せて雨の門扉に凭るるふたり

ふり捨ててゆけばいつまで父と母そこに居るのかカタバミ踏みて

義父《ちち》の身に体内被曝のあることを誰も忘れて戦後は過ぎぬ

原爆も原発も語らず死にゆきし義父《ちち》の思いは量るすべなく

爆心より二、五キロと記されし二、五キロを思い見るなり

被爆手帳遺りて義父《ちち》の被爆地の平戸小屋町地図に辿りぬ

上引田町内会とは何処なる義父《ちち》の机の団扇にありき

止められなかったせんそう、 げんぱつ、 死者たちの真白き花はひしめいて咲く

錆びついた星にまだまだ生かされていかなる匂いを放つかわれら

トカラ列島

この国に起きていること聖書《バイブル》のように読み継ぐ朝に夕べに

たったいま入ったニュースという声に思わず消しぬテレビの画面

青き葉は〈羊殺し〉と呼ばるるをカルミアの枝手折りしむすめ

車輪梅は散っただろうか　会いたくない帰りたくないと返信は来ぬ

むらさきの貝のスープを啜りおりトカラ列島梅雨明けしころ

ボランティアのガイドをすると告げて来ぬハマヒルガオの海辺も雨か

助けを呼ぶメールそのまま閉じながらわたしがわたしでなくなるを待つ

料金の不足に戻り来しハガキ青い少女が棚に吹かれぬ

サバイバーズ・ギルト*に苦しむ声を聞く幾万の死に幾万の家族

*生存者の感じる罪の意識

洗いすぎてほろほろのレタス取り分けるスローデスという無言の時間

安全

3・11以前の新聞に包まれし菠薐草を胡麻和にする

安全てどこからどこまで　牛乳のパックを乾かす夜のベランダ

〈胸いっぱい吸い込んではいけません〉小さな鼻を膨らます子ら

誰だっていつかは死ぬという声がすべてを殺してしまうのだろう

家の巡りもまた

雨樋の下の汚染土スコップで掬って詰めるビニール袋に

わが植えし茗荷も菖蒲の球根もセシウムの土とともに葬らる

角材を投げつけられても撮るべしと森達也のドキュメンタリー〈311〉

フクシマの水棺ウサマの水の葬りペットボトルの水を飲む子ら

福島産桃は傷みて滴してわが口濡らす夏の終わりに

ウサマ・ビィン・ラディンの暗き顎髭がわたしの頬をかすめたような

独裁は民主主義より生まるると読みて新聞の端を揃えぬ

風窓

皺ふかき祖母の手底《たなぞこ》銀いろの救心の粒きらきらとせり

薄れゆく祖母の面かげ銀いろの粒のにおいは忘れないのに

祖父《おおちち》と祖母《おおはは》の写真並べ置き埃拭くとき挨拶をせり

風窓を擦り抜けてきし祖母ならむバッハの楽譜捲られてゆく

〈捨てない〉と〈捨てる〉に別けて積みあげぬ祖母の覗いている風の窓

階段のてすり両手に手繰り寄せ部屋へ上りてゆきし晩年

雪のあさ銀のトースターがやって来た甘食を焼く祖母のいたころ

丘の上の黒い墓石に屈みおり祖母はわれより背の高かりし

さびしさの沼に沈んでゆく感じ浅く乾いた咳が聞こえる

生きているだけで

感覚のなき母の手をどうしよう涙零して笑ってみても

生きていればいいのか生きているだけで２４６を疾走しつつ

小分けせし雑穀ご飯凍らせて微熱下がらぬ母を寝かせぬ

火のいろの菊の畑を巡りゆくダウンコートの中まで暮れて

ああと鳴く声に追われてポケットに手を突っ込みてくだる林道

三号棟右端の窓灯らぬを見上げて過ぎぬ冬ちかきころ

右肩は重く沈みて左手に謝罪ファックス書いている夜

一年

十万も三十万も虐殺は虐殺であろう夾竹桃の村

無かったと思いたいのが人間で忘れないのも人間だから

給食のコロッケより出でし吸殻のうすら寒しも日本のこころ

『青白き光』佐藤祐禎

祐禎さん津波に呑まれてしまいしか思い嘆きし日より一年

青空に祐禎さんの現れぬ立ち読みをせしＡＥＲＡの頁に

歳月は断念を生み断念は希望をうむと　ほんとうだろうか

ステッキと膝がしらに陽の照りて庭のベンチに父の座れる

むらさきに額の腫れて帰り来ぬ春の泥土によごれて父は

青い卵

終わるやもしれぬ日常の階《きざはし》に母は置くなり青い卵を

終わらせたくないと確かにそう言った　声は乱れて夢に入りくる

噎して目覚めたるわれおごそかに腰を回しぬ右に左に

たまさかに善きことせむと思うものやさぐれ者のリリオム*でさえ

ホウレンソウ放つ水桶溺れたる蟻の悲鳴を聞きしという子

*モルナールの戯曲

渋谷　uplink

グランドピアノに抱かれながら弾いているグレン・グールドの丈低き椅子

震えながら呟きながら降《お》りてくるゴルトベルクの金の落葉

ウナコルダ*真綿のように包まれて小暗き雨の音となりたり

*ソフトペダル

全力疾走

西武ファンに囲まれており最下位のバッファローズの帽子かむりて

〈君が代〉に立たぬはわれと韓国の女の子なり一塁側に

イデホ・イデホ・チョ・ワ・ラ・デホ　少女とわれと声を合わせて

牛のような身を揺すりたる空振りのイデホに今日も声援は飛ぶ

金網の向こうの芝に輝けるダブルプレー見き幼いわれは

球場のドームの内より眺めおり雨に煙れる狭山丘陵

霧雨に額濡らして手を振りぬ全力疾走の老いづく捕手に

満塁となってはじめて振りきれるわたしの腕傾《かいな》くからだ

風が過ぎてゆく卓

はたはたと蝙蝠の舞う空の向こう赤錆びている屋根が懐かし

隠れ処はあるのだろうか濃く淡くむらさきいろに染まりたる地図

十月のパリにおいでとメール来てリボンのあかき靴を購《あがな》う

眼裏に殖えゆく雲はあなたには見えないけれど　弾きつづけたり

〈ふわふわのパーマをかけて出掛けよう〉反原発のデモに誘わる

病める子の生れ継ぐ大地　息をのみ子と観ていたり「チェルノブイリ・ハート」

穴のあいた子らの心臓〈チェルノブイリ・ハート〉は今も脈打っている

ピーラーで蓮根の皮むきおれば白く濡れてる心臓である

大蟻の往き来しているシンク台牛蒡をうすくうすく削りぬ

切り分けた梨の小皿に近づいて蟻の動きがぎこちなくなる

袖口にひょいと摑まり昇り来てわが天辺をめざすものあり

子の描《か》きし大海老の眼に見下ろされざざっと風が過ぎてゆく卓

柿の種の袋をもちて子の嘆く「ピーナッツだけが残ってしまう」

湯舟より伸びあがりたる子のからだ豹のようだね月のひかりに

ヴィエンナーレを夢見るらしき夏帽を浅く冠りて駈け出してゆく

ベッドから垂れている足くさはらの雨に濡れたる靴下のまま

笠雲のせい

父母《ちちはは》の家に眠れば瓢箪のごとく膨らむ蟬の声する

呑み込めぬああのみこめぬと眼をつむる父の口中の酒まんじゅう

父の耳聞こえないのも食べものを呑みこめないのも笠雲のせい

煮麺《にゅうめん》を咀嚼している頤《おとがい》の細ほそとして昼の食卓

二階より母の垂らした棕《しゅ》櫚《ろ》縄《なわ》にアサガオの蔓しがみついてる

窓際にルリタマアザミ吊るしおく忘れたきこと忘れる時間

スコップに十薬の根を掘り起こす母に幾許の力残れる

もうご飯作るのやめた　黒塗り風弁当箱が運ばれてくる

二

アダンの木陰　奄美Ⅰ

二〇一二年十一月、私は娘の住んでいる奄美大島に行った。六年前、奄美に永住すると言って出て行ったきり、家に帰ってこない娘に会うためである。

奄美大島は、鹿児島の南南西遥かの海にあって、原生林が溢れ、美しい珊瑚礁の海辺に囲まれた島だ。空港に降り立つと私は、すっかり南国の娘となった子に田中一村の美術館へと案内された。水に浮かぶ高倉をイメージした、古代と現代が調和したような壮大な建物は、一村の存在がこの島にとってどんなに誇らしいものであるかを物語っていた。一村の絵には、奄美の亜熱帯の動植物が濃密な筆致で描かれ、私はその鮮烈な色彩に圧倒された。

一村は一九六二年に五十四歳で独り奄美に移住し、やがて名瀬市の紬工場で染色工として働いた。五年働いて三年絵を描き、発表することもなく生涯を終えたという。私が見ていた南国の風景は、無数の気根を垂らしているガジュマルの大木も、蘇鉄の群生する崖も、打ち寄せる波の音も、一村の見たそのままの、変わらない奄美の自然ではないか。海辺は静かで美しく保たれて、岬に立っても、山を歩いても、人の気配がほとんどなかった。

娘が染色工房に寄宿しているので、私も泥染めを初めて経験させて貰うことにした。珊瑚の散らばる浜辺で、ブラウスの絞り染めと蠟纈染めを始める。不器用な私には、スズランテープで布をきつく縛るのも、蠟で布に絵を描くのも容易ではなかったが、これがいったいどんなふうに仕上がるのかとわくわくした。ワインレッドの車輪梅の染料に浸したブラウスを絞って、立神さまと呼ばれる岩山に干す。それをまた染料に浸しては絞って干す。五回は繰り返しただろうか。

次は山間に移動して、以前は田んぼだったという、鉄分の豊富な泥水の中で、腰を屈めてざぶざぶとブラウスを洗った。それを浜辺で炊いてあった大釜の湯で煮る。また立神さまに干す。最後は海で洗って、乾き上がるまで待つ。人のいない静かな遠浅の海辺にいると、なにか私の芯までふんわりとほどけるようで、でき上がったものも不思議な味わいのある色合いと絵柄になった。

四泊五日の慌ただしい旅の最後は、奄美南部の最も美しい島、加計呂麻に渡った。複雑なリアス式の入江に縁取られた南国情緒豊かなこの島で、一九四四年、第十八震洋隊の指揮官として赴いていた島尾敏雄は、後に「死の棘」で描かれる妻のミホと出会う。珊瑚の石垣が巡り、デイゴ並木の続く明るい道を歩みながら、ふいに薄暗く湿った弾薬庫跡、戦闘指揮所跡などの戦跡に入りゆく。島尾ミホの、凄まじい、狂気の果ての美しさが心を過る。

アダンの木陰から、娘の話す島ことばがやわらかな旋律のように聞こえてきた。

薄暗い林の奥より手招きをしているようなオオタニワタリ

旋律はかくやわらかくもの憂げに子の島ことば聞こえくるなり

悔恨は月桃の葉にのせましたふゆらふゆらり靡いています

車輪梅の液に浸したブラウスが滴している珊瑚の浜辺

岩山は染めたる布を干すところTシャツ、ブラウス、リュック並べて

立神《たちがみ》と呼ばれいる岩陽を浴びてあかむらさきに滲みてゆくなり

山間の泥の田んぼに踏み入りてざんぶざんぶと布を洗いぬ

泥染の終わりし浜に並び立つ同じ背丈のむすめとわたし

加計呂麻の闇のむこうの木《コ》の葉《ハ》木《ズ》菟《ク》ほほっほほっと笑う声する

耳朶に触れながら子は聞いてくる〈わたしは皆とどこが違うか〉

子の声が聞こえないのも窓を打つカナブンの音のせいにしていた

食わず芋の葉を象りしペンダント胸に揺らせて子は手を振りぬ

寂しきこころ

元気かと問いて答えのなき夜からきょうは十日目桃のほころぶ

〈トン族の村に行きます〉冷んやりとメールは伝う中国奥地を

ヴィーガンを選択したる子のメールたった一行が震えていたり

先住民《アボリジニ》を尋ねてゆきし子のこころ寂しきこころと思わざりしを

手のひらのなかのてのひらやわらかく浅黄の森を巡りゆきし日

ガラス屑空に軋んでいるような春の終わりは子を眠らせぬ

夕靄のようにわれより離れゆきし声なりあれは幼きむすめ

子はわれでわれではなくて裏庭のロープにきりきり絡むエプロン

雲南の山の斜《なだ》りの茶畑の青のまぶしさ子は書きて来し

祖父と暮らした家

慈雨のように記憶は降りて父の語る賑やかなりし樫の食卓

梔子の香り入りきて揺り椅子に祖父の戦の話聞いてる

厚ぼったい雲がゆっくり過ぎてゆく　ねえ戦争は終わったの？　それとも

眩しすぎた戦後の空に幾万の死者が隠れていただなんて

あてどなく死者は彷徨い押し殺すように鳴きだす引明けの蟬

戦争に敗れて六十八年のほそく捩れた平和の旗《フラッグ》

石棺を覆うシェルター、シェルターをおおうシェルター限りもあらず

がらんどうのわれの部屋にも入り来む或る日氾濫する汚染水

汚染予想図

原子炉が原子炉をよび青々と灯しあうなりまずしい島に

人間の皮膚のごとくに染まりいるうすむらさきの汚染予想図

しばらくは鳴らないピアノのふりをせむ楽屋の奥の薄暗がりに

おそろしい時代とつぶやく声がする虫めがねより顔を離して

翻り消えゆくつばさ廃炉まで一千年の闇のかなたへ

東京拘置所

生真面目な四角い文字に執行の恐れ書き来し新年の手紙

方丈記諳ずる日の冷えびえと澄みとおりゆく心も知りぬ

すさまじき葛藤の夜のつぶやきをわれはただ読みて忘れむ

黄のリュック

「嘴太鴉の卵のいろは薄みどり」子が告げてくる梅雨の晴れ間に

言わないだろういじめられていただなんてマイマイツブリの透明な角

傷つくのは病んでいるから湯に浮かぶレモンの皮が膨らんでいる

われは激しき風であったか雨であったか　壁が崩れていくような日々

行きたがりの行きしままなる黄のリュックいずこともなくわれは手を振る

帰り来る子にあらざれど思うなり奄美の浜をゆくゴム草履

塩辛い風があの子を運んでいったガジュマルの根に覆われし島

帰りたい、もう帰れない、帰ってはいけないない故郷と子は思うらむ

正しさは声を荒らげてやってくる百合の花粉を拭いていたのに

鍵を回すようにはいかぬ傷ついた人のこころは元に戻らず

荒れ庭のワイヤープランツ青々と自転車の鍵を隠してしまう

鶫のように

子の染めしTシャツを着て眠りゆく土のいろ草のいろのうつしみ

わが夢に匂いのありて裏庭に母は三つ葉を膝つきて摘む

夢と夢の間もいつか明るみて麻の葉模様の枕落ちてる

どくだみの白き花群ひたひたと押し寄せてくる朝の目覚めに

ぼさぼさの玄米ごはん食べているひとりの昼は鶫《つぐみ》のように

夏草に見え隠れしてブリキ缶光りはじめぬ夕べの雨に

荻野神社賽銭箱に届かない五円玉がきらきら転ぶ

産み終えて痩せたる猫が梔子の根元でまなこ瞠いている

皺しわの膜がはるミルク少しずつずらされてゆく論点のある

黒ぐろと書き込みされし楽譜あり抒情小曲集バッグに揺らす

はじめてのグリーグを弾く樹の匂い水のにおいのひんやりとせり

わが咽に刺さりし鯖の中骨をカルテに貼りぬ若き耳鼻科医

中途退社を決めたるひとは大の字となりて聴きおりフィンランディアを

キャタピラー

数独の問題集を詰めしバッグ母は提げたり入院の日に

悲しみのまにまにポリープ殖えるらし母の眠れる６１５号室

多すぎて取りきれないという声を母はおぼろに聞きしと言いぬ

目覚めては母の縞々エプロンを捜している父　桃を剝こうか

肩車されているわれ夢のなか父の頭を撫で回したり

聞き返しているうちキリンがキャタピラーになってお終い二人の会話

燭台のごときを掲げ咲き初むるホトトギスなり母癒えし日に

鍵盤より赤いフェルトの滑りおち最後まで弾けとあなたの声が

探してはいけないない木だったキンモクセイ扉を開けて眼をつむりなさい

透明の踵をつけて歩きましょう二センチ短い右足のため

欠伸した四角い口がゆっくりと元に戻って空を見上げる

飲み過ぎぬようにねなどと呟いてバスの時間を確かめている

夜ごとに月のかたちを確かめる勝手口の高き窓より

クロトン　奄美Ⅱ

枯れ初めし砂糖黍畑の風のおと覚め際のわが耳にしたしき

唐黍に覆われている島の畑〈黒糖地獄〉の圧政も知る

浜へくだる小道に沿いてクロトンの赤と緑の葉に触れてゆく

蝶のような貝殻いくつ止まらせてビールの小瓶が浜にころがる

タコの木の後ろに浅瀬はひろがりて愁いある顔ファインダーのなか

〈ルリカケス〉と声の上がりて高空を尾羽の白い線が走れり

立ちならぶ機《はた》に陽の射し忙しなく杼《ひ》を投げる手や踏み木ふむ足

ぎざぎざのアダンの葉群が垂れている筬《おさ》打つ音のしきりに聞こゆ

子の織りし縞のスカーフはためきぬ日に幾たびも雨過ぎる浜

拾い来し貝殻の砂テーブルに増えゆく日々を子と暮らしおり

三

真白いことば

雨の日は磨いていますアボカドの緑を掬うぎざぎざスプーン

節分の残りの豆を炒りながらとことん無力な鬼であるらし

日に五度《ごたび》メール来りてわれは返す羽毛のような真白いことば

左手にメールを打てばしんしんと右の手首に痺れが兆す

八十を過ぎたる親が諍うを生姜紅茶を淹れつつ眺む

父の石滅びるまでを遠巻きに攻めているなりすこし寂しく

「流れ矢に当たりしことに始まりて」負けたる後の解説ながし

〈戴冠式〉聴きつつ髭を剃り終えぬ父のほっぺた引っ張りながら

雪やみし日に

湖に翼を映し廻りだすリプニツカヤという青い鷺

ふうわりと青い瓦を越えてゆく鳶《とんび》を見し日雪の降り初む

肩揺すり笑い合いしも幾たびか小高賢逝きて雪降り頻る

大きくて重たき棺思うなり雪の降りつむ鉢を抱きて

鞄より鞄へ移りいつのまに絵の具のつきしバッハの楽譜

雪の残れる外苑東通り

大使館への抗議デモより戻り来し子のスカートの雨に濡れおり

隣席に同じデモより帰り来し学生ら身を寄せ語り合うなり

同性愛弾圧反対のロシア語を掲げて行きしと愉しむごとく

ヴィーガンはエコロジーという

豆カレー、野菜サモサを食べながら隣の声に引き込まれいつ

ロシアへの怒りはやがてニッポンの反知性主義へと及ぶらし

空虚なる熱狂の風に吹かれつつ人は小さくちいさくなるか

テヴェレ河　イタリア

街に来て野にきて仰ぐ花蘇芳ユダ首吊りし木とも知りたり

教会のファサード飾る使徒たちの見下ろす広場を濡らしゆく雨

真っ白な路地を迷いて行き止まり蔦這う宿のトルッロに着く

ドゥオーモの階より降りくる鳩の首うすむらさきに煌めきながら

グラッパに火照りしからだ歩ましむ傘売り男の従きくる通り

魚を揚げる臭い入りくる窓を閉めローマの古きホテルに眠る

奴隷らの労働を描きし絵の下に目覚めてシャワーを浴びる音聞く

母殺めし後に顎髭生やしたるネロと読みたり小さき灯りに

後ろ向きにコイン抛げしと遠き日を聞きて泉の前を過ぎゆく

草編みの帽子の鍔を抑えつつ淡きみどりの河《テヴェレ》見降ろす

ポーチュラカ

松葉菊のようでそうではない花と母の言いしはポーチュラカなり

ポーチュラカ植えてシャベルを持ちしままゆらり傾く母のからだが

〈どうぞ遊びにお出掛け下さい〉おとうとにいもうとに書く父の絵はがき

昇り咲くものを好めば母の部屋葉に覆われて斑のひかり

母のこえ父のこえに重なりて時に激しくビブラートせり

二十五個のポリープとりしと処置室の寒き時間をわれは聞きおり

二階からちろちろちろ鈴を振っている日すがら退屈している母が

野ボタンが咲き始めたら長袖よ今朝はやさしき声の聞こえる

野ぼたんの濃紫のはな脱力をしたるごとくに散らばりて落つ

水やりを頼まれていしベランダのゴーヤの尻尾黄ばみて揺れぬ

光りゆく草

待合室森の奥処にいるようで啜りなく樹の声を聴いてる

スカイツリーが記憶の空を刺している手を繋いだり離したりわれら

白い帽子深くかむりて座る椅子八年ぶりに帰り来し子は

空白の日々は触れずに微笑みて羽毛のようにただよう家族

生き物を食べないでね　子に言われつくづくと見るシラスの目玉

蓮の花の淡いピンクを撮る腕《かいな》うぶ毛はむかしのままに光れり

同じことばかり聞くのね　指差して天窓に滲む星の名を言う

芝の上脱ぎ捨てられたサンダルが飛び立つようだ雨の上がりて

ヴィーガンの子はひたすらに光りゆく草であるらし夜更けの庭に

帰りゆきしむすめの椅子の背もたれのひんやりとしてトネリコの木

クスクスサラダ　奄美Ⅲ

「スプートニクの恋人」読み終え降り立ちし空港は海の風に漂う

クロトンの赤と緑の照り映えるアパートの巡り波の寄せ来る

子の作りしクスクスサラダ皿にあふれ白い粒つぶ喉《のみど》をふさぐ

ほろほろと零しほろほろ笑うふたり口の周りにクスクスつけて

何歳になったの？　などと子はわれを木の葉木菟《コハズク》のように見つめる

青あおとレモングラスの沈みいるペットボトルを提げて出発

父母《ちちはは》を遠く離れて高空にサシバ行き交う島を巡りぬ

美しき奴隷のかんつめ自らの命を絶ちし物語聴く

鳥のように啼く蟬怖し森深くかんつめの碑に降りそそぐ声

まろき月赤錆色に燃えいると携帯電話の声は途切れぬ

五匹の豚

指先に五匹の豚が笑ってるソックスを履き会いにゆくなり

薔薇の花咲かせたような紫斑もつ足を垂らして母は待ちいき

病名がついただけでも良かったと薄曇りのような声なり

母とわれからだ半分ずつ入れてビニール傘に霙を受けぬ

溢れぬよう俯いたまま歩みゆく甕を抱きてどこまで母は

モーツァルトがもう聴こえない柔らかな父の耳たぶ引っ張ってみる

父のからだ引きずりながら運びしと波打つような電話の声は

春の盗人

犯人は二人組いや見張り付き真夜中までの現場検証

犯人は手袋のまま私たちは素手で指紋を取られています

ガラス戸は蜘蛛の巣状に割られたりざりりざりりと零れゆく音

玉葱を甘酢につけてひとまずは床に散らばるガラス屑拾う

バゲットは凶器になるかならないかもし泥棒に遭遇したら

スニーカーにガラスの屑を踏みしめて何処へ消えた春の盗人

外国のきっと貧しい人たちなのよ母が呟く草引きながら

壊されて踏み荒らされしは私かも門の灯りに照らされている

分かち合いの家　韓国

どうすればいいのとわれの肩を抱くハルモニありきナヌムの家に

隠れ生きし月日の果てに名乗り出で記憶の縁より零るる日本語

その昔の京城《かみ》の街思わせて雪降りそめぬ韓屋《ハノク》の路地に

選ばなかった恋のようだね薄青い雪は毛糸の帽子に溶けて

本当にほんとうなのと繰り返すむすめの声の今も聞こえる

濃緑の杖

「モーツァルトに行きませんか」太太と書かれしハガキ父より届く

顎髭を剃られてる父頬っぺたを膨らませたりへこませたりして

幾たびもコンサートの切符ポケットに確かめながら杖に縋りぬ

わたしより可哀想なのに振り向いてかわいそうだなあと言いたる

きこえない耳に聴いてる否見てるモーツァルトのホルン協奏曲

「モーツァルトはよかったなあ」濃緑の杖振り上げてタクシー止めぬ

運転手とわれの会話に割り込んで「ハイブリッドって何だ」と聞きぬ

中世の天文学者のようだったガウンを羽織り月を見上げて

人参にぽやぽや髭が生えてきてなかなか暮れぬ春のキッチン

きっとどこかに

河童忌を過ぎて乾ける舗装路に木槿はしろく散らばっている

日常の瑣事を愛すればそのために苦しむと言えりヒグルマダリア

部屋内に引き籠るのも夜の街を彷徨するのもわがむすめなる

文明の行きつく果ての社会とは　ざくざく刻む福耳唐辛子

「死ぬ前にこんな時代が来るとはなあ」朝あさ父の怒りは増しぬ

小高さんきっとどこかに居るだろうギンナン臭う議事堂の前

闇のなかライトアップされ聳え立つ議事堂囲む憤怒の列は

真っ白い巨象のような議事堂が空に浮かびぬおそろしきかも

ギンナンが数限りなき靴裏に踏みつぶされぬ九、一六

香山リカの静かな怒り聞こえ来る雨に打たれて動く人群れ

コンチータの写真

絶望というほどでなく寂しさはチキンスープのかすかな濁り

たのむから放っておいてと閉ざされしドアなりコンチータ*の写真貼られて

*オーストリアの女装歌手

生命線ながく描き足し眠ってた幼子あわれ桃の咲くころ

どうせもう生きてないからいいやと言うさびしい国の桜の下で

生きていてよいかと問われているようなヤマボウシの下のまどろみ

あかねさすＬＧＢＴのデモ行進〈愛するひとと一緒に居たい〉

母と子の仰向けの顔を越えてゆくむかしむかしの光の川が

四

傷

眼を閉じて叫びたき夜の過ぎゆけり霜踏みてゆくパセリを摘みに

雪の降る南の島を思いみむ白砂の浜、蘇鉄の山を

指さきに微かな傷の増えてゆく鍵《キイ》に触れても人に触れても

傘と傘傾《かし》げて会釈せしのみの縁《えにし》と思うおもいて過ぎぬ

不採用の通知来りてまた深きふかき眠りの繭籠りなる

ユリノキの葉擦れの音を聴きながら家族を疎む子と歩みおり

褐色《かちいろ》の森の奥より呼ばれたりもう傷口は痛まないのに

アカショービン　奄美Ⅳ

クロトンの煌めく垣に沿いてゆく素足の似合うビニールの靴

箸置きにせんと珊瑚の欠片拾う暮れゆく潮の匂い濃きかな

美人《きょらむん》と美男子《きょらねっせ》の手さばきや八月踊りの後尾に従きぬ

金束子《かねたわし》こすれるように蟬の鳴きグァバの氷菓の溶け始めたり

ハンモックに見え隠れする子の顔が泣きだしそうに滲む日の暮れ

幸せとも不幸せとも言う　日に焼けた素足に寄りくる紫ヤドカリ

木麻黄《モクマオウ》の葉群に隠れているらしいアカショービンの声のきゅるるるる

母がなにか訴えているケータイを聴きつつ珊瑚の浜を歩みぬ

空と海わがものにして眠りおり病みたる母を思うことなく

足音に気付いていているのかいないのか波打ち際のハシブトガラス

四十年

ショートステイ終えて廊下に現れぬやあと手を振り懐かしそうに

父のくすり母のくすりの混じりあい落葉のような音する小箱

コーヒーと一緒に飲んではいけません父より取り上ぐみどりの粒を

白い粒ピンクの粒を飲み込みて父がほおっと息を吐きたり

日曜の朝を統べいるアルマンド父は幾度もスプーンを落とす

刻まれしホットケーキの並びおり父は座りて機嫌よきかも

ああコミは六目半か、黒石を握りてざりざり音立てている

聞こえない耳にひったり口寄せてもうおしまいよおしまいなのよ

子守歌の代わりに父が針を置きしＬＰ盤の「鱒」や「魔王」や

少年が嵐の中を叫ぶ声〈お父《マイン》さあん《ファーター》〉の怖ろしかりき

ベトナムの少年タムより貰いたるガラスの球に雪は舞いつつ

栴檀の実を踏みしめて思い出す飴が欲しいと父の言いしを

父と聴くピアノコンツェルト大空に白磁の割れて降りくるような

最後とて車窓をのぞく公園通り四十年を父は通いき

赤ざりがに館

傘すぼめ入り来る群れに探しおりかつても今も待つひとわれは

二十年を会わざりしわけ問わぬまま変わらないねと眼鏡を外す

言い止《さ》して思い出せない路地の名の共に暮らした屋根裏の部屋

ミルクティー飲み終え別れがたかりき窓辺のマリオネット見上げて

旧友が新しき友となりゆけば二十年は蜜のごとしも

ターメリックに染めた枕で眠りたし荒ぶる雨の音を聞きつつ

ヌスドルフの〈赤ざりがに館*〉に生まれたるシューベルトを思うあかとき

*ツム　ローテ　クレブス

シューベルト生誕祭に聴く幻想曲《ファンタジア》われは入りゆく小暗き森に

花

不恰好な梅の木なれど近づきてわれは見入るもその花の蕊

見るべきを見ては来ざりし眼かもコンタクトレンズひたと動かぬ

栴檀の樹下に揺れるハンモックだれも知らない戦争のこと

ハンモックに絡め取られて揺れている春のからだは海鼠のようで

幾年か眠りしままのシャクナゲの蕾が赤いひかり滲ます

ドクダミの白い眼の光りおり断層マップは塗り替えられむ

モッコウバラ、ジャスミン、シラン、乱れ咲く花の真中に母のサンダル

白いリボンははばたくような辛夷の花母もわたしも逃げ出したくて

花の無きカランコエ青く盛り上がり窓辺の母の眼鏡を照らす

「ヒロシマ」の「ヒ」が聞こえない響きよきオバマの声を巻き戻しつつ

楽観は悲観を越えるか　あたたかく額《ぬか》に差しくる陽に目覚めたり

〈五連敗〉

〈シャクナゲは石のつく花〉デイサービスのホールに響く父の声なり

立ちションは禁止なのよと言い聞かせ扉の外で父を待ちおり

タンポポの綿毛のような老い父を置きて出できぬ雲のあかるさ

エレベーターに暗証番号ありしことふと悲しめり窓を見上げて

ショートステイに父を預けて庭さきの錆びたベンチに母は座れる

どうしてもわたしは母になれぬからもうここまでと諦めてしまう

テーブルに開いたままの父の日記〈五連敗〉と太き文字あり

サザエさん通り

甘く煮た夕顔冷えておりますとメモを残していずこへゆかむ

梅雨さむく立てなくなりし父の腰引き上げられてまた崩れ落つ

介護地獄こんなものではないだろう父母《ちちはは》とわれ床にしゃがみて

テーブルに置かれた眼鏡よこの部屋に起こっていること映さないでね

ゆくりなく「心が寒い」と言い出しぬケアホームに行くと知らずに

「ずっと一緒に暮らしたかった」母のこえ流離《さすら》うごとしテラスを越えて

帰りたい帰らせてくれと繰り返す碁笥《ごけ》より石を取り出しながら

「スプンはいや、お箸がいい」と父は言いぬ髭に真白いお粥をのせて

「今帰る」が「明日帰る」になりしころ午後の日差しにふくらむカーテン

われの名を呼び続ける声払うごとくエレベーターの扉を閉ざす

父を置きホームの食堂突っ切って小走りに過ぐサザエさん通りを

磯野家の緑の像が立ち並ぶサザエさん通り雨に光りて

ユリノキの葉擦れの音が従いてくる誰も悪くはないという嘘

風船かずら

風船かずら鳴り出すような　老い母が一人暮らしを始めた朝《あした》
うすみどりの風船かずらが跳ねている遠く掠れた父さんのこえ

生き直すために廊下を磨く背《せな》丸くなったり伸びたりしながら

濁流の底へ底へと沈みゆく離れられない父母《ちちはは》だった

全音符と付点音符の二人なら踏み出すときの歩幅が違う

さようなら

高層のガラスの窓に身を撃ちし君の翼を拾わんとす

いつ死ぬかわからない気がしています　読み過ごしていしこの幾年を

吸い込まれていったか光のような闇に泣きぬれている少女を遺して

喪の廊下黒いリボンの幼子がふるふる傘を回して歩む

さよならとさようならとの微かなる違いを思うきみの遺影に

列車待つホームにかすか聞きとめし〈でんでらりゅうば〉*が離れてゆかぬ

*長崎の童歌

ぎこちなくスロージョギングの群れに居り草刈る匂いの運動公園

五

廃校ホテル　奄美V

来いと言い来るなと言いし気紛れな青きパパイヤのようなるむすめ

雷鳴の轟くまひる廃校の家庭科室にパパイヤを剝く

教室のベッドに覚めぬ鶏《ニワトリ》の声の響ける廃校ホテル

野晒しの真夜のトイレのおそろしくサンダルの底剝がれそうなり

幾たびか雨過ぎて明るむ森をゆくアサギマダラの羽うす青く

うすぐもる心放ちて森深くモクマオウの実を踏みしめてゆく

われの名は魚

目覚むるを待ちて座りぬ手のひらに琉球おもちゃ瓜転がして

わがへんくつ父のへんくつ寄り添いて今日は日本シリーズを観る

転倒を繰り返す日々青鬼になってしまった寒そうな父

気を鎮める薬というを飲まされて父が海驢《あしか》のように伸びする

ベッドから降ろすからだのふにゃふにゃとわれに縋るということもなく

われの名を思い出そうと瞑りたる顎ひげ指にまさぐりながら

われの名は魚《さかな》と言えばああ鮎かと答えぬ不思議そうに見つめて

朱い実と青い実ふたつおもちゃ瓜父の枕辺に置きて帰りぬ

脱力の力はこれか肩の辺のもやもやとして弾き始めたり

ジョウビタキの朱いお腹が飛び去って母とわたしは取り残された

バガテル

サザエさんの微笑む通りを過ぎてゆく父の住む部屋陽に浮かびおり

誤嚥して熱高き父の頤《おとがい》の真白き髭が艶めいている

妻と子の名さえ忘れて眠りおりエアコンの風にそよぐ顎鬚

穏やかになりましたと記されてこの世のものでなくなる父か

きょう帰るあした帰ると言い張りてはや半年をホームに過ごす

ももいろのハンカチのように咲き出した皇帝ダリアを母と見あげつ

思っても仕方のないことばかりなりほらミソサザイが樵の根っこに

ミソサザイのような母の手くるくると土掘り返し苗を植えたり

バガテルは日差しのように穏やかでグレン・グールドのささやく声が
口短調のバガテルを弾くやわらかな節くれ立ったあなたの指は
去年まで父の座りし野ボタンの傍《かたえ》の椅子に水の溜まれる

もがきつつ沈みゆきたる夢の底壊れた鉢の花のむらさき

尊厳死カード

尊厳死協会のカード差し入れて胸ポケットがちりちりとする

尊厳死協会のカード裏を読み表を眺め医師は返しぬ

右の手に青いミトンをはめている老いたゴブリンのような父さん

マスクしてふがふが息をしていたり大丈夫よと言い聞かせつつ

父の瞼じんわり重くなりゆきてわれはリュックを肩にかけおり

幾たびか額に手をあて熱計るふりして去りぬ光る廊下を

別れ方が難しいのだ冷たすぎず温かすぎず雲のようにも

指先のひらひら震える父の手が春の夜空を彷徨っている

福島の酒

テゲテゲで生きていこうよ浴衣着る待ち受け画面の少女に言いぬ

人参がひらひら赤く反り返りバルサミコ酢を垂らす日の暮れ

切るように空気を入れて掻き回せ　独り言《ご》つ声怒りのごとく

擦れ違う「ああもうだめだ」という声の温かきかな公園通り

黄のミモザばさっと壺に挿すわたし祝福されし記憶もありぬ

三月十一日

忘れてはならないことを忘れよと六年目にて会見取り止め

奈良萬は福島の酒　聞きながらひんやり喉を伝わりてくる

青大豆ひたして眠りにつきしわれ向こうの岸に傘裏返る

真っ白なセロリが息を吐くようなキッチンはまだ夜が明けてない

穏しき眉

繰り返しわが手を探り触れんとす微か残りていたる力に

噛むようにゆっくり口を閉じ合わせやがて平らになりたる胸は

普段着の紺の縞シャツ着せられて穏しき眉となりて眠れる

白き花溢るる棺の隅に置く長く使いし薄き碁盤を

自らの別れの曲と選びたるモーツァルト四十番厳かなりき

家族らが骨を褒め合う声のなか父の小さき耳の孔みゆ

わが膝に父あたたかく置かれあり桐ヶ谷斎場を出でし車列に

父を呼ぶ声に涙の浮かびたる終の眼の青かりしこと

ああ俺はどうすりゃいいと言いし声真白く靡く花に紛れぬ

王のごとしも

〈厳格なる変奏曲〉を聴いている北鎌倉に雪を待ちつつ

ノントロッポノントロッポと声がして鎮まりてゆく雪降るこころ

返信のなくて一年過ぎゆけば炭石鹸も欠片となりぬ

白斑を背《そびら》に見せて飛び去ったあれは幼き娘だったか

熱きスープ置かれし紙面辿りつつ〈ツキジデスの罠〉も知りたり

幸せな人生でしたと記されて喪中葉書に飛ぶ白い鳥

後ろから従いてゆくわが足音を気づかないふり白セキレイは

足の指広げられます思いきり怒ったときもさびしいときも

夜の壁に黒光りして掛かれるはフライパンなり王のごとしも

仏果山

片頬に枕の痕をつけたまま卵かけご飯食べている朝

こんなにも静かに過ぎてゆく凪がベートーベンとは気づかずにいた

身を捩り閉じむとしたる花木槿過ぎて思いぬあなたのことも

もしかして泣いてるのかという声の温もりはわが胸に残るも

古《いにしえ》の地図のようだね星図鑑に挟まれていた円い葉っぱは

わが辿るインスタグラムに子が歩むマレー半島田舎の路を

ミサイルも白い翼も映します島を浮かべて青ふかむ海

ぱきぱきと傘を畳める青年と並びて高速バスを待ちおり

名を知れば親しみ仰ぐ仏果山わが帰り路の空のくれない

譜面のなかに

濛濛と真白いさくら噴き上ぐる大樹に倚りぬ父なきわれは

父の死を知らずあなたが送り来し黄色い蕾のフリージアの束

積まれたる本の向こうに父在りき　西日差す部屋時折りのぞく

降り積もる埃は本に万年筆に座椅子にかかるカーディガンにも

昨夏のままに葉書の散らばりし掘り炬燵の上のテーブル

猫脚のピアノの椅子に座りたし古いランプのように点って

亡きひとは譜面のなかに在るべしと祈りのごとく動きだす指

一瞬のこころのままに弾いている寂しさだとか悲しみでなく

散らかった書斎の奥に母がいる黒い子犬のようにしゃがんで

父のため生き来し母が自らのために生きよと励まされいる

八十六歳自らの身を励まして去年の土を篩にかけぬ

刈られたる薄むらさきの花の穂をタイムと聞きて厨に吊るす

米粒を足裏に踏みしまま歩む痛みはときに懐かしきもの

去年の夏たしかに在りし電話ボックス父のしゃがれた声の聞こえて

父の墓かこみて教え子の並びたり手品師のような青年もいる

うつむくひと

ひと夏の埃にうっすら覆われてグランドピアノが角部屋にある

左より右手の冷えて弾いている霧の湧き立つような朝なり

足首の疲れてペダルに置きしまま音符が黒い塊となる

目覚めては書くものくれと言いし父わたしのなかに眠らせておく

軽軽に処分をしてはならぬなど確かに父の筆跡これは

赤い線引かれてメモの挟まれる頁を繰りぬ書庫に屈みて

独歩全集花袋全集縛られて運ばれゆくを見送りていつ

探しもの日すがらしている母の手に虹いろスミレの鉢が届きぬ

ヘルパーが来るから居間を掃除せよ母の背中は角ばっている

新しき慣わしとして父の居ぬ部屋に籠りてもの読む母は

三枚の写真並べてどの父が一番好きかと母は聞きおり

モーツァルト四十番を聴きながらうつむくひとであったよ父は

マズルカはルビンシュタインに弾かせよとつぶやく声す隣の席に

会場を出でてタクシー呼ぶ背《せな》の父ではないか杖を掲げて

あとがき

長く病んでいた父が亡くなる半年ほど前、私はベートーベンの「バガテル」というピアノの小品集を聴いていた。その中に、何とも穏やかな慈愛に満ちた一曲があり、それが私の心に棲みついて、来る日も来る日も流れてくる。そのうち、どうしてもこの曲を弾きたいと思って、暇をみては練習するようになった。

その間にも、父は痛ましく病むことに疲れ果てていた。いつまでも父をこの世に引き留めようとするより、この清らかな曲の世界へ見送るのだと思うことで、私の心はようやく安らかになっていった。

バガテルとは、本来「些細なもの」という意味だというが、転じて軽やかな小品という意味合いがあるという。ベートーベンの「バガテル」には、最晩年の珠玉の小品が多い。私の聴いていた「作品

126の5」という曲は、あまり知られていない地味な作品ではあるが、その時の私にとって、これ以上のものはなかった。

思えば日常は、些細なことの積み重ねである。そしてその日常から零れ落ちた断片が、思わぬ煌めきを発することもあるだろう。それらを掬い取ることが、短歌を作る喜びと言えるのかもしれない。

この歌集は、二〇一一年刊行の『ひかりの椅子』に続く第五歌集である。私自身にも、そして混迷を深めているこの社会にも、容赦ない時間が流れていた。ただ、どんな時にも短歌を続けられたことは私の救いであったように思う。

歌集名の「草のいろ土のいろ」は、

子の染めしTシャツを着て眠りゆく土のいろ草のいろのうつしみ

から採った。まだ両親が何とか無事に暮らしていたころ、私は家を出て六年も帰らなかった娘の住む奄美大島を訪れるようになった。原初のエネルギーが満ち溢れている陰影の濃いこの島に、私の沈みがちな日常も感傷もすべてが呑み込まれていくようだった。

＊

「未来」の皆さんや大島史洋氏からは、引き続きあたたかい励ましや批評を戴き、北冬舎の柳下和久氏には、歌集の編集、刊行に際し、懇切な助言を戴きました。大原信泉氏は、次女飯沼知寿子の作品を用い、素敵な装丁にして下さいました。深く御礼を申し上げます。

二〇一九年八月十五日

飯沼鮎子

本書収録の作品は二〇一一（平成二十三）―二〇一八年（平成三十）に制作された四六九首です。本書は著者の第五歌集になります。

著者略歴

飯沼鮎子《いいぬまあゆこ》

1956年(昭和31年)、東京に生まれる。90年、歌誌「未来」に入会、大島史洋に師事。92年、短歌現代新人賞、99年、ながらみ書房出版賞を受賞。歌集に、『プラスチックスクール』(94年、短歌新聞社)、『サンセットレッスン』(98年、ながらみ書房)、『シューベルトの眼鏡』(2005年、ながらみ書房)、『ひかりの椅子』(11年、角川書店)がある。

現住所＝〒243－0204 神奈川県厚木市鳶尾4－4－18

土《つち》のいろ草《くさ》のいろ

2019年12月10日　初版印刷
2019年12月20日　初版発行

著者
飯沼鮎子

発行人
柳下和久

発行所
北冬舎
〒101-0062東京都千代田区神田駿河台1-5-6-408
電話・FAX　03-3292-0350
振替口座　00130-7-74750
https://hokutousya.jimdo.com/

印刷・製本　株式会社シナノ書籍印刷

ISBN978-4-903792-72-9　C0092